AF381342

GUÍA DE LECTURA

Escrita por Hadrien Seret
y Lucile Lhoste
Traducida por Laura Soler Pinson

Germinal

de Émile Zola

Entiende fácilmente la literatura con

ResumenExpress.com

www.resumenexpress.com

ÉMILE ZOLA

ESCRITOR Y PERIODISTA FRANCÉS

- **Nacido en 1840 en París (Francia)**
- **Fallecido en 1902 en la misma ciudad**
- **Algunas de sus obras:**
    - *Naná* (1880), novela
    - *El Paraíso de las Damas* (1883), novela
    - *Germinal* (1885), novela

Émile Zola, nacido en 1840 y fallecido en 1902, está considerado uno de los novelistas más importantes del siglo XIX en Francia. Se le reconoce principalmente como jefe de filas del movimiento naturalista, que desea aplicar los métodos científicos experimentales de la época a la literatura: tras observar la realidad, Zola emite una hipótesis y la comprueba a través de la experimentación en sus obras. El ciclo novelesco de *Los Rougon-Macquart*, la principal obra del autor, se erige como el modelo de esta estética. Esta crónica de veinte libros gozará de un gran éxito, a pesar de las numerosas críticas.

Zola también es famoso por las posturas que adopta, que a menudo vienen acompañadas de condenas. La más destacada está relacionada con el caso Dreyfus, cuando su panfleto *Yo acuso* (1898) contribuyó en gran medida al feliz desenlace del juicio del capitán Dreyfus (oficial francés, 1859-1935).

GERMINAL

LA EMERGENCIA DEL SOCIALISMO FRENTE AL AUGE DEL CAPITALISMO

- **Género:** novela
- **Edición de referencia:** Zola, Émile. 2002. *Germinal*. Santiago de Chile: Universidad de Chile, colección *El Autor de la Semana*. E-book en PDF
- **Primera edición:** 1885
- **Temáticas:** mina, trabajo, amor, violencia, amistad, esperanza, muerte, socialismo, condiciones de trabajo

Germinal es el decimotercer tomo del ciclo de *Los Rougon-Macquart*. En esta obra publicada en 1885, Zola se afana por describir la lucha de unos mineros superados por sus malas condiciones de vida con el surgimiento del socialismo como telón de fondo. Para poder describir con la mayor precisión posible el ambiente minero, el escritor se trasladó hasta Anzin (norte de Francia), donde compartió su vida con ellos durante varios meses.

Los gritos «¡Germinal!» que entona un grupo de mineros de Denain durante el entierro de Zola resumen por sí solos la importancia que tuvo esta obra, tanto en el plano social como en el estrictamente literario.

RESUMEN

PRIMERA PARTE

Esteban Lantier, un maquinista al que han despedido recientemente, recorre el norte de Francia en busca de trabajo. Aprovechando una deserción, es contratado como cargador (obrero encargado del transporte del carbón en pequeñas vagonetas que debe empujar) en la Compañía Minera de Montsou. Es destinado al grupo de Maheu —el patriarca de una familia de mineros—, compuesto por Chaval, su hijo Zacarías, su vecino Levaque y su hija Catalina. Esta última, de la que Esteban se enamora, también es cargadora y le ayuda a dar sus primeros pasos en el universo minero. Allí, Esteban descubre unas condiciones de trabajo deplorables y un trabajo extenuante, todo por un sueldo miserable, que a menudo es revisado a la baja a causa de las multas que imponen los contramaestres. Agotado por su primer día, Esteban logra cobijarse en casa del antiguo minero Rasseneur, que ahora se ha convertido en gerente de una taberna.

SEGUNDA PARTE

Es una familia burguesa, los Grégoire, la que dirige la mina de Montsou. Está formada por una pareja y una niña consentida, Cecilia. A pesar de la crisis industrial, los Grégoire todavía tienen sólidos ingresos. Mientras están almorzando, reciben la visita de Deneulin, el primo del patriarca y propietario de otra mina.

Mientras tanto, la mujer de Maheu se ha resignado a ir pedir dinero a casa de los Grégoire, puesto que ya no tiene suficiente para llegar a fin de mes. Recibe una negativa. No obstante, obtiene algo de comida del comerciante Maigrat, un obeso lascivo que sueña con tener a Catalina, la hija de esta, en su cama. Tras comentar los chismes con las vecinas, la mujer de Maheu vuelve a casa para preparar la comida y el agua para que se bañen los miembros de su familia. Estos vuelven, comen, se lavan y salen de noche.

En ese mismo momento, Esteban se pasea por los campos de trigo, lugar importante de desenfreno sexual. Allí asiste impotente a la violación de Catalina a manos de Chaval y, celoso, jura que se vengará en cuanto tenga la ocasión.

TERCERA PARTE

El tiempo pasa y Esteban se acostumbra a su trabajo de minero, hasta el punto de que está considerado el mejor obrero del pozo. Incluso logra reconciliarse con Catalina, a pesar de la aversión que siente por la pareja que forma junto a Chaval.

Conoce a su vecino de habitación en casa de Rasseneur. Se trata de Souvarine, un maquinista ruso, partidario de la anarquía y de la destrucción total. Esteban habla mucho con él de los proyectos socialistas que quiere implementar para ayudar a los obreros.

Tras haber participado en la fiesta de los mineros de Montsou, Zacarías se casa y abandona a los Maheu. Entonces, la mujer de Maheu acoge a Esteban como huésped para compensar la falta de ingresos. Mientras tanto, las ideas socialistas de este último cada vez tienen más éxito: se crea una Caja de Socorros y una asociación.

Más tarde, Maheu y Esteban van a buscar su paga, que resulta ser pésima por las numerosas multas impuestas. Se está gestando una huelga, alimentada por las nuevas medidas económicas que decreta la Compañía. Poco después, se produce un derrumbe en la mina y uno de los hijos de Maheu, Juan, resulta gravemente herido. Entonces, Catalina anuncia que se va: vivirá y trabajará en otro pozo con Chaval.

CUARTA PARTE

Quince días después, estalla la huelga y una delegación compuesta por Esteban, Maheu y Levaque acude a casa de Hennebeau, el administrador de la Compañía, que en ese momento está en mitad de la cena. Intentan en vano negociar una vuelta a las condiciones anteriores. Poco a poco, el paro laboral se extiende a los otros pozos y la Caja de Socorros ya no da abasto.

Esteban llama a Pluchart, un representante de la Internacional en Francia, para que convenza a los mineros de que se unan en masa al movimiento. Pero su reunión se ve interrumpida por la llegada de los gendarmes. Después de un nuevo fracaso de acuerdo con Hennebeau, el pueblo pierde la fe en la huelga. No obstante, Esteban logra volver a movilizarla durante una reunión secreta en el bosque. Al día siguiente, llevarán la huelga al pozo Juan Bart.

QUINTA PARTE

Chaval, que trabaja en Juan Bart, anima a sus compañeros a que dejen de trabajar. Pero un encuentro con su jefe, Deneulin, lo convence para volver al pozo. Los obreros están en la mina cuando llega el grupo de Esteban y corta los cables del ascensor. Los mineros, obligados a salir por las escaleras de emergencia, se ven obligados a incorporarse al movimiento.

A pesar de la resistencia de Deneulin, se saquea Juan Bart. Esteban, borracho, ya no controla a sus tropas, que se van a destruir todos los pozos de alrededor. Por el camino, atacan el carruaje de la burguesa Cecilia, a la que Deneulin consigue salvar por poco, y pillan la tienda de Maigrat, que es asesinado. Llegan los gendarmes y acaban por dispersar a la multitud.

SEXTA PARTE

Para evitar que la gendarmería lo aprese, Juan esconde a Esteban en una antigua mina. Empieza a nevar, lo que dificulta todavía más la situación de los huelguistas. Alicia, una de las hijas de Maheu, termina muriendo de hambre. Esteban, que ha salido en secreto, se reúne con Chaval en casa de Rasseneur. Estalla una pelea entre los dos hombres que acaba ganando el maquinista.

Para impedir que se retome el trabajo gracias a obreros de Bélgica que acaban de contratar, los huelguistas efectúan una salida y se enfrentan a los gendarmes, que vigilan el pozo. Estos, acorralados, terminan abriendo fuego: Maheu es asesinado junto a otros.

SÉPTIMA PARTE

A raíz de los últimos acontecimientos, Esteban es odiado por todos los mineros. Al comprender que se ha perdido definitivamente la huelga, él y todos sus compañeros vuelven al trabajo. Tras un sabotaje de Souvarine, se produce un derrumbe en la mina que atrapa a Esteban, a Catalina y a Chaval.

Los servicios de emergencia se organizan en el exterior sin demasiada eficacia. Una explosión de grisú provocada por Zacarías empeora la situación. En la mina, Esteban y Chaval vuelven a enfrentarse, y este último es asesinado. Catalina, liberada de sus ataduras, se entrega al maquinista.

Poco después, Esteban es socorrido. Abandona la mina, no sin antes recibir el apretón de manos de sus compañeros agradecidos por sus acciones. Finalmente, vuelve a París.

ESTUDIO DE LOS PERSONAJES

La trama de la novela se basa en una oposición entre los obreros y la burguesía. Por lo tanto, nos parece interesante analizar los personajes principales desde esta perspectiva.

LOS OBREROS

Todos comparten una característica: el cambio radical en su actitud.

Esteban Lantier

Esteban Lantier, protagonista de la novela, es el amigo de Maheu y el pretendiente de Catalina. Su enemigo declarado es Chaval.

Esteban, que ha sido despedido por haberse mostrado violento al actuar bajo los efectos del alcohol, se presenta al inicio del relato como un joven melancólico y pesimista en cuanto a su futuro. No obstante, desea salir adelante aceptando el trabajo que se le ofrece como obrero.

Al entrar en contacto con una masa obrera con la que antes solo trataba de forma superficial, Esteban cambia radicalmente de personalidad. Poco a poco, se erige como líder de una causa que quiere culminar con éxito: ayudar a la población minera a obtener mejores condiciones de trabajo. Cegado por este objetivo, Esteban desarrolla una arrogancia y un egoísmo que llevan a sus tropas a la derrota, cuyo punto álgido es el fusilamiento. Tras el fracaso de sus ambiciones, demuestra su cobardía asumiendo a duras penas la responsabilidad de sus actos. Después de haberlo perdido todo en el atentado de Souvarine, decide volver a París.

Maheu

Maheu, obrero que trabaja a conciencia, querido por todos, es el jefe de una familia numerosa que intenta alimentar gracias a su dedicación al trabajo. Este personaje, al que consideran honesto y pacífico a pesar de las dificultades del trabajo, cambia considerablemente de actitud tras conocer los deseos de huelga de Esteban. Cuando se convierte en el teniente de Esteban, el minero adopta un comportamiento violento y no duda en sacrificarlo todo para llevar el paro laboral hasta el final.

Su despido, unido al fracaso de la huelga, trastoca su mentalidad: en origen, era bueno, pero se convierte en un salvaje, algo que supondrá su pérdida ante el escuadrón de gendarmes. Muere por disparos junto a otros obreros.

Catalina Maheu

Catalina, hija de Maheu, es una adolescente dócil, inteligente (es la única de la familia que sabe leer y escribir) y extremadamente madura para su edad. Está secretamente enamorada de Esteban, pero ve cómo su vida da un giro radical el día en el que Chaval la viola y la toma oficialmente como mujer. Desde entonces, se somete por completo a él, aunque sigue amando a Esteban. Solo vuelve a ser ella misma cuando este último mata a su pretendiente. Entonces, por fin se entrega a su amado, antes de morir sin haber podido ser socorrida.

Chaval

Aunque Chaval es un obrero violento y provocador por naturaleza, al principio se le describe como una persona leal y correcta. Empieza a albergar un odio profundo hacia Esteban, ya que lo ve como un rival en la conquista del corazón de Catalina. Su furia, que solo cejará con su muerte, lo lleva a cometer los peores excesos: se muestra brutal (se pelea varias veces con el protagonista con la intención de matarlo y, con frecuencia, fuerza a Catalina por celos), cae en la corrupción (a cambio de un ascenso, frena la huelga en Juan Bart) e incluso llega hasta la traición (es él quien avisa a los gendarmes, con la esperanza de que Esteban sea arrestado, y también es él quien se alegra de ir a trabajar con los obreros de Bélgica a la mina).

Chaval muere en la mina: tras el derrumbe y la explosión de grisú finales, queda atrapado junto a Catalina y a Esteban, se pelea con este último y muere a consecuencia de sus heridas.

LA BURGUESÍA

Zola la divide en tres categorías.

La burguesía acomodada: los Grégoire

Los Grégoire, dueños de la Compañía, aparecen como ricos burgueses que solo se preocupan de su mundo. Mientras la mina les proporcione unos ingresos suficientes, no les importa lo que ocurre allí y disfrutan de su riqueza. Tienen miedo de los obreros, a los que consideran una raza inferior y mala.

La burguesía media: los Hennebeau

La función de los Hennebeau, empleados de los Grégoire, es garantizar el buen funcionamiento de la mina. Sus elevados ingresos les permiten vivir como pequeños burgueses y frecuentar su mundo. Están más cerca de los obreros que los Grégoire, pero, aun así, mantienen sus distancias con ellos.

La burguesía en apuros: Deneulin

Deneulin representa al burgués venido a menos,

el que ha conocido la riqueza y cuya empresa se está desmoronando. Este primo de los Grégoire, que lucha constantemente por mantenerla a flote a pesar de la crisis industrial, es el burgués más cercano de los obreros y no duda en comprometerse para salvar su trabajo y el de sus trabajadores.

CLAVES DE LECTURA

UNA NOVELA NATURALISTA

Émile Zola es el jefe de filas del naturalismo, una corriente literaria de finales del siglo XIX que se concibe como una prolongación del realismo. Se diferencia de este por su voluntad de llevar a cabo una investigación casi científica (investigación de campo, etc.) antes de la redacción, que está a su vez respaldada por una documentación precisa y rigurosa. Por lo tanto, la ciencia se pone al servicio de la literatura, que se convierte en el escenario de una experimentación de la sociedad hasta en los detalles más íntimos, incluso sórdidos. Para su gran crónica literaria, *Los Rougon-Macquart*, Zola se fija el objetivo de explicar cómo la herencia y el entorno político, social y económico pueden influir en varias generaciones de personajes. Zola en seguida se rodea de algunos escritores que comparten sus convicciones (Maupassant, Huysmans, Vallès, etc.) y que acuden a su casa de Medan. Aunque el grupo despega en torno a 1860, pierde fuerza tan solo treinta años después: Zola apenas acaba de terminar *Los Rougon-Macquart* (el último volumen de la serie se publica en 1893) y algunos miembros del grupo mueren durante este periodo.

Las principales características de esta corriente son las siguientes:

- **la búsqueda documental**. Antes de empezar a escribir una novela, los naturalistas llevan a cabo auténticas investigaciones de campo para recabar toda la información posible sobre el entorno en el que se desarrollarán sus personajes. Para concebir *Germinal*, Zola acudió a minas, se informó acerca de las condiciones de vida de los obreros, aprendió palabras técnicas y se interesó por las huelgas que justo acababan de empezar en la cuenca minera de Anzin. Esto le permitió describir la mina de Montsou (ficticia) y sus trabajadores con mucha precisión. A través de *Germinal*, Zola, con mucho detalle, desea informar al público acerca de una realidad que desconoce o, incluso, que ignora por completo;
- **la importancia del determinismo**. Los personajes, su carácter y sus acciones dependen

de sus antepasados y de su entorno vital. Los de Zola heredan de sus padres característica morales y conductuales, lo que explica sus acciones y, en muchos casos, su decadencia. Esteban es el hijo de Gervasia Macquart, la protagonista de *La taberna* (1876), y de su amante Augusto Lantier, dos vínculos que marcan enormemente su carácter: hereda el alcoholismo de los Macquart y, bajo esta influencia, comete actos violentos como hacía su padre;

- **la relevancia de las descripciones**. Son extremadamente importantes para completar los personajes y su entorno, por lo que son muy detalladas para poder comprender todos los aspectos de la realidad que el autor quiere describir. En este caso, se trata de los problemas de la vida y de las dificultades del trabajo en las minas. La idea es explicar de la forma más completa posible el entorno sociocultural en el que evolucionan los personajes. Para reforzar su objetivo, Zola evoca por ejemplo la historia de las minas de carbón en el norte de Francia;
- **el uso de palabras técnicas**. En un escenario como el de las minas de Montsou, el autor difícilmente podía evitar todas las palabras

técnicas propias de las explotaciones mineras y el lenguaje de los obreros. Por esa razón, durante su estancia en Anzin, pudo recopilar los datos necesarios para la buena culminación de su novela;

- **la focalización externa y el discurso indirecto libre**. Estos dos procedimientos permiten que el narrador se aleje de los personajes. El primero asegura la objetividad, ya que, de esta manera, el narrador no parece versar opiniones sobre lo que sucede. El segundo da la sensación de que los personajes van más allá en sus reflexiones por sí solos y extraen sus propias conclusiones sobre los acontecimientos y sobre su condición, como si fueran la verdadera voz de la obra. *Germinal* empieza con una descripción de Esteban que camina por los campos hacia Montsou. Aquí, el punto de vista es externo, aunque los personajes también se expresan de manera externa.

El naturalismo no está exento de críticas y Zola, como jefe de filas de la corriente, no escapa a ellas. En especial, se le reprocha su perversidad, su vulgaridad y la falta de psicología de sus personajes. Sin embargo, no hay que olvidar que, ante todo, el autor se centra en las reacciones fisiológicas, en la influencia de la herencia y del entorno vital. Sus personajes están marcados tan profundamente por los rasgos negativos de la personalidad y por las desgracias ocurridas en su familia que, a menudo, su degradación es inevitable. Son la excusa para un experimento de la realidad y, por lo tanto, se presentan ante todo como ejemplo práctico de las teorías fisiológicas aplicadas. No obstante, los detractores de Zola ven sobre todo una inmoralidad poco común y personajes sin profundidad.

LOS ROUGON-MACQUART

Tal y como anuncia en el prólogo de *La fortuna de los Rougon*, el primer tomo de *Los Rougon-Macquart*, Zola quiere utilizar cada una de sus novelas como pretexto para meterse en alguna de las capas sociales de su época. Así, en *Germinal*, se interesa por los obreros y, más en particular, por el universo de los mineros que luchan contra los burgueses.

Por otra parte, también se afana por demostrar que los personajes están determinados por dos elementos:

- **la herencia**. En Zola, el personaje principal siempre recibe un defecto de parte de sus padres, imperfección que justifica un comportamiento particular en algunas situaciones. Por ejemplo, Esteban Lantier hereda el alcoholismo de su madre y la violencia de su padre. Además, observamos que las pocas veces en las que el protagonista se deja llevar por la agresividad, se encuentra bajo los efectos del alcohol: tras haber bebido, abofetea a su jefe, un gesto que lo obliga a buscar un nuevo trabajo; la mayor parte de sus peleas con Chaval se producen después de haber consumido alcohol; está borracho cuando lidera a sus tropas en el saqueo de los otros pozos, etc.;
- **el entorno**. El entorno en el que evoluciona el personaje también influye en su desarrollo. Cuando llega a la Compañía, Esteban ya ha frecuentado a mineros, pero no se interesaba por su suerte. Su opinión cambia en contacto con ellos y se transforma en defensor de sus derechos a través de sus ideas socialistas. Desde su primer día en Montsou, observa la resignación de estos mineros ante su condición; influido por su antiguo contramaestre que le envía documentos políticos y económicos, descubre la

dimensión de las perspectivas que le ofrece el socialismo y empieza a unir a su causa a otros mineros.

UNA NOVELA ARRAIGADA EN SU ÉPOCA

La situación de los mineros a mediados del siglo XIX

La situación de los mineros a mediados del siglo XIX es catastrófica. A causa del poder absoluto de la burguesía, no tienen ningún derecho, no pueden defenderse y, a menudo, se ven obligados a soportar ritmos diabólicos y a sobrevivir a pesar de las bajadas de sueldo que les imponen sus empleadores.

Además, la clase obrera apenas tiene perspectivas de futuro. En efecto, cuando son contratados, los obreros tienen que dar a su empleador su «carné de obrero» que incluye una descripción física, así como el currículo del trabajador. Sin ello, no pueden cambiar de trabajo.

Para acabar, las condiciones de vida de los obreros son precarias:

- a menudo, las familias viven amontonadas en un cuarto;
- la falta recurrente de comida y de higiene favorece las enfermedades y la mortalidad;
- el número elevado de horas de trabajo no permite dar una educación a los niños que, al igual que sus padres, muchas veces son analfabetos;
- la dureza de las condiciones de trabajo favorece el alcoholismo, una plaga en la que muchos obreros dilapidan su escaso sueldo.

La emergencia del socialismo y de la Internacional

Ante la miseria obrera, muchos pensadores intentan encontrar soluciones: sus teorías constituyen el punto de partida del socialismo. Entre todas estas propuestas, hay una que destaca especialmente por encima del resto: se trata de la que presenta Karl Marx (teórico del socialismo, 1818-1883) en *El manifiesto comunista* (1848).

EL MANIFIESTO COMUNISTA

Este manifiesto político, escrito por Karl Marx y Friedrich Engels (teórico del socialismo, 1820-1895), fue escrito a petición de la Liga de los Justos, un grupo socialista de alemanes exiliado en Francia. Intenta analizar la sociedad de la época y sus peculiaridades capitalistas, afirmando que el proletariado debe combatir el capitalismo a través de una lucha de clases. El objetivo es instaurar una sociedad comunista en la que ya no cabría la ideología burguesa.

El texto, publicado en febrero de 1848, se presenta como una especie de programa político, aunque en ese momento no existe un partido que represente esta corriente (la propia Liga de los Justos se convierte en la Liga de los Comunistas durante la redacción del *Manifiesto*).

Está dividido en cuatro partes:

- **la oposición entre burgueses y proletarios**. La historia no es más que luchas de clases y estas últimas jamás han desaparecido. La burguesía controla el mercado mundial y pone los recursos en manos de unos pocos poderosos. Por lo tanto, los proletarios deben alzarse contra este sistema para disfrutar también de los recursos;

- **el comunismo**. Marx define el comunismo y se basa en el mismo para mostrar a los burgueses la legitimidad del movimiento en varios temas fundamentales: la libertad, la propiedad privada, el trabajo infantil, la educación, etc.;
- **el socialismo**. Esta parte describe las distintas corrientes del socialismo y critica sus fallos;
- **la posición de los comunistas con respecto a sus oponentes**. La última parte revisa las posiciones comunistas y explora las perspectivas inmediatas del movimiento.

En la actualidad, *El manifiesto comunista* es conocido a nivel mundial y, desde el siglo XIX, ha servido para desarrollar el socialismo y el comunismo. En 2013, fue inscrito en el registro «Memoria del Mundo» de la UNESCO.

Esta obra quiere que los obreros sean conscientes de su fuerza y que se unan para derribar el capitalismo que los oprime, en provecho de una sociedad que les sería más beneficiosa y donde todo se pondría en común.

Para reunir a trabajadores que se unen a su causa, Karl Marx instaura la Internacional, o Asociación Internacional de Trabajadores, que sale reflejada en *Germinal*.

Un trato equitativo de ambos bandos

A través de la familia numerosa Maheu, el autor quiere destacar algunos problemas importantes que viven los mineros:

- el personaje de Maheu recalca la explotación del obrero, que no puede ganar suficiente para alimentar a su familia, a pesar de toda su buena voluntad;
- la mujer de Maheu simboliza la vida fuera de la mina y la dificultad de una vida diaria de miseria (negociaciones constantes con los tenderos, imposibilidad de reembolsar los créditos, miedo constante al mañana, etc.);
- Zacarías y Catalina ilustran la problemática de los matrimonios entre mineros y sus consecuencias desastrosas en la economía familiar;
- Alicia, Leonor y Enrique permiten al escritor señalar las condiciones precarias de desarrollo

de los niños pequeños. Sus padres rara vez los quieren y los miman. Los progenitores los consideran un peso con que cargar y esperan con impaciencia a que estén en edad de trabajar para que traigan un sueldo a casa;
- para acabar, las expediciones y los robos que comete Juan tras el trabajo son una oportunidad para que Zola indique los estragos de la ausencia de educación, que a menudo se considera algo secundario, ya que la necesidad de dinero es más importante.

Aunque se centra en las precarias condiciones de vida precarias de los obreros, Zola no se olvida de describir los problemas que se encuentra la clase burguesa:

- con el fallecimiento de su hija Cecilia, estrangulada por Buenamuerte (el padre de Maheu), los Grégoire pierden toda su alegría de vivir y su tren de vida ya no reviste interés para ellos. Este acontecimiento puede equipararse con una especie de revancha de los obreros contra los que les explotan;
- el señor Hennebeau ya solo vive para su trabajo y su vida privada está desprovista de motivos de satisfacción. Su mujer lo engaña

y él mismo no ha tenido relaciones con ella desde hace diez años. Incluso desea la vida diaria de los mineros, que pueden amarse sin ningún escrúpulo;

- a causa de la huelga, Deneulin ha tenido que vender su pozo a la Compañía. Aunque conserva un puesto de consejero, ha perdido lo que era la razón de su existencia y su orgullo.

LOS TEMAS PRINCIPALES DE *GERMINAL*

El amor

El amor es una noción que atraviesa y que estructura todo el relato. Está presentado de cuatro maneras:

- **el amor legítimo**, que encarnan principalmente los Maheu;
- **el adulterio**, una práctica que normalmente se reprueba, pero que, sin embargo, el conjunto de los mineros acepta implícitamente (Levaque, la mujer de Pierron);
- **el placer sexual**, ya que Zola insiste durante toda la obra en la total libertad de la que gozan los obreros, que pueden mantener relaciones

sexuales con cualquiera. Esta libertad está encarnada por el personaje de la Mouquette;
* **el triángulo amoroso**. El segundo motor del relato, por detrás de la huelga, es la conquista amorosa de Catalina por parte de Esteban y de Chaval. Para Zola, es la oportunidad para mostrar hasta dónde pueden llegar los protagonistas para lograr sus objetivos.

La violencia

La violencia se presenta de manera teórica y concreta:

* el propio concepto de la violencia es evocado por todos los mineros a través de sus esperanzas de huelga («esto [tiene] que reventar», Zola 2002, 182). No obstante, alcanza su grado más elevado con las ideas anarquistas de Souvarine, partidario de la destrucción completa;
* la violencia, ya sea física (saqueos, batallas contra los gendarmes) o verbal (disputas), surge de la imposibilidad de llegar a un acuerdo con los burgueses. Este estallido, relacionado con la huelga y principal causa de su fracaso, ceja en cuanto la acción acaba definitivamente.

La solidaridad y la amistad

A pesar de la miseria y de las condiciones de vida difíciles, los mineros muestran entre ellos una solidaridad enorme. Esta se pone de relieve en la fiesta de los mineros y también en el momento de los derrumbes, cuando todos los trabajadores se precipitan para salvar a sus compañeros, poniendo en riesgo su vida.

La amistad también se presenta de una manera más íntima, tal y como atestigua la profunda simpatía que une a Esteban y a Maheu o, incluso, el intento de Souvarine de impedir que el maquinista acuda al pozo que ha saboteado.

La muerte

La muerte se manifiesta en muchísimas ocasiones en la novela y golpea a todas las clases. Los mineros, especialmente, sufren grandes pérdidas: algunos mueren tras derrumbes o explosiones de grisú (es el caso de Zacarías, que muere en el desastre que él mismo provoca, y también el de Chaval y el de Catalina); otros, como Maheu, durante las revueltas, o incluso a causa de sus condiciones de vida, como la pequeña Alicia

Maheu, que muere de hambre.

Pero no son los únicos golpeados por la muerte, que afecta a todo el mundo, independientemente de la edad o de la clase social. El tendero es asesinado durante la revuelta de los obreros, pero es sobre todo el caso de Cecilia Grégoire el que llama la atención. Sin previo aviso, es asesinada por Buenamuerte por pertenecer a la clase burguesa. Es la única representante de esta clase que muere y, además, de la mano de un miembro de la clase obrera, algo que conmociona profundamente a sus padres. Su muerte simboliza el final de una clase burguesa ociosa y despreocupada.

LA ESPERANZA, LA CLAVE DEL TÍTULO

Aunque la estampa que proporciona Zola del ámbito minero es particularmente sombría, también es cierto que el autor quiso dejar un mensaje de esperanza, visible en el título. En efecto, la palabra «germinal» se corresponde con el mes de la primavera, estación que tradicionalmente se considera la de la renovación en el calendario revolucionario.

El calendario republicano

Tras la Revolución francesa de 1789, la República recién proclamada quiere romper con todos los símbolos y las tradiciones heredadas del Antiguo Régimen (1515-1789). Esta es la razón por la que se instaura un nuevo calendario en el que las estaciones y los meses llevan nuevos nombres y donde las semanas se sustituyen por décadas (periodos de diez días). A modo de ejemplo, los meses de verano terminan en -idor: mesidor, el periodo de las cosechas, empieza el 19 de junio y termina el 18 de julio. El calendario republicano se utilizará de 1792 a 1806.

Tal y como lo recalca en las últimas páginas de su obra, Zola permite que Esteban, a través de su acción, introduzca el germen de un cambio para los obreros, cambio que no tardará en llegar. El protagonista, que llega a París al final de la trama, no ha perdido sus ambiciones socialistas y cuenta con seguir ayudando a los obreros. Sus antiguos compañeros que siguen vivos y que siguen trabajando en la mina quedan profundamente marcados por las peripecias que acaban de vivir, y tienen la intención de mejorar sus condiciones de vida y laborales. Está por llegar una vida mejor para los obreros.

PISTAS PARA LA REFLEXIÓN

ALGUNAS PREGUNTAS PARA PROFUNDIZAR EN SU REFLEXIÓN...

- La trama de la novela se basa en una oposición fundamental. ¿Cuál? Explique su respuesta.
- ¿Los personajes de Esteban y de Maheu evolucionan a lo largo de la obra? Justifique su respuesta.
- ¿Por qué podemos decir que la novela de Zola está profundamente arraigada en su época?
- Explique el método naturalista de Zola tomando *Germinal* como base.
- ¿Cuál es el motor del relato?
- ¿Cuáles son los valores que defienden Esteban y los otros obreros?
- *Germinal* estructura el relato de una catástrofe. Explique esta afirmación.
- En su opinión, ¿esta novela es optimista o pesimista? Justifique su respuesta.
- ¿Conoce otras novelas que saquen a escena al pueblo? Compárelas con *Germinal*.

- El objetivo de Zola es llegar a un mejor conocimiento del hombre. ¿Qué ha aprendido usted acerca del hombre a lo largo de la novela?

¡Su opinión nos interesa!
¡Deje un comentario en la página web de su librería en línea,
y comparta sus favoritos en las redes sociales!

PARA IR MÁS ALLÁ

EDICIÓN DE REFERENCIA

- Zola, Émile. 2002. *Germinal*. Santiago de Chile: Universidad de Chile, colección *El Autor de la Semana*. E-book en PDF.

ESTUDIOS DE REFERENCIA

- Becker, Colette. 1986. *Émile Zola: la fabrique de Germinal, dossier préparatoire de l'œuvre*. París: SEDES, colección *Présences critiques*.

- Bernard, Marc. 1988. *Zola*. París: Seuil, colección *Points Littérature*.

- Galloy, Denis y Franz Hayt. 1993. *De 1750 à 1848*. Bruselas: De Boeck Wesmael, colección *Du document à l'histoire*.

- Galloy, Denis y Franz Hayt. 1994. *De 1848 à 1918*. Bruselas: De Boeck Wesmael, colección *Du document à l'histoire*.

- Garo, Isabelle. s. f. "Manifeste du parti communiste, libre de Karl Marx et Friedrich Engels". *Universalis*. Consultado el 26 de noviembre de 2017. https://www.universalis.fr/encyclopedie/manifeste-du-parti-communiste/

- Études littéraires, "Naturalisme". Consultado el 29 de noviembre de 2017. https://www.etudes-litteraires.com/figures-de-style/naturalisme.php

- Pagès, Alain. 2007. "Émile Zola: Bilan critique". *Item (Institut des textes & manuscrits modernes)*. Consultado el 26 de noviembre de 2017. http://www.item.ens.fr/?id=187040

- Zola, Émile. 1980. "Préface". *La Fortune des Rougon*. París: France Loisirs.

PELÍCULAS

- *Germinal.* Dirigida por Albert Capellani, con Henry Krauss y Jeanne Cheirel. Francia: Pathé Frères, 1913.

- *Germinal.* Dirigida por Yves Allégret, con Jean Sorel, Berthe Granval y Claude Brasseur. Francia, Italia y Hungría: Hunnia Filmstúdió, Cocinor, Films Metzger et Woog, Hungarofilm, Laetitia Film, Les Films Marceau y Paris Elysées Films, 1963.

- *Germinal.* Dirigida por Claude Berri, con Miou-Miou, Renaud y Gérard Depardieu. Francia, Italia y Bélgica: Renn Productions, France 2 Cinema, DD Productions, Alternative Films y Nuova Artisti Associati, 1993.

EN RESUMENEXPRESS.COM

- Guía de lectura de *El Paraíso de las Damas* de Émile

Zola.

- Guía de lectura de *El vientre de París* de Émile Zola.
- Guía de lectura de *La bestia humana* de Émile Zola.
- Guía de lectura de *La taberna* de Émile Zola.